## raquel versieux

nasceu em Belo Horizonte, MG, em 1984. Artista visual, professora de Poéticas Visuais Contemporâneas na Licenciatura de Artes Visuais da Universidade Regional do Cariri. É também doutoranda em Linguagens Visuais pela Escola de Belas Artes da Universidade Federal do Rio de Janeiro; instituição pela qual foi titulada como mestra. Ainda, cursou Fotografia na La Cambre – Bélgica e Antropologia na Universidade Federal de Minas Gerais. No momento, realiza o projeto de arte comunitária "Manejo Movente".

FOTO: ELISA MENDES

# ALGODOAR, DEVOLVIR

raquel versieux

**editora Urutau**
primeira edição
2022

O —

editora Urutau

rua do cajú, 478,
jardim das cerejeiras
06724-015
cotia-sp (brasil)

rua manuel pacheco nobre, 128 - 5º esquerdo
2830-080
barreiro (setúbal)
portugal

[+351] 928053619 [portugal]
[+55] 11 9 4859 2 426 [brasil]

www.editoraurutau.com.br
contato@editoraurutau.com.br

[editores]
tiago fabris rendelli & wladimir vaz
[coordenação de revisão]
debora ribeiro rendelli
[revisão]
carol amaral
[diagramação]
victor h. azevedo
[capa]
victor h. azevedo, sobre fotografia de tobias tullius



dados internacionais de catalogação na publicação (CIP) de acordo com ISBD

versieux, raquel
V563a algodoar, devolvir / raquel versieux. - cotia : urutau, 2022. 84 p. ; 14cm x 19,5cm.

ISBN: 978-65-5900-309-9

1. literatura brasileira. 2. poesia. I título.

CDD 869.1
2022-2201 CDU 821.134.3(81)-1

elaborado por vagner rodolfo da silva - CRB-8/9410

## sumário

### I— O TEMPO QUE DEMOREI ATÉ PERCEBER A SUTIL COINCIDÊNCIA SONORA DAS PALAVRAS PAI E PAISAGEM E NA FORMA COMO UMA ABRIGA A OUTRA



### II — FEICEBUQUIANAS

para minha mãe,
que nunca lhe falte
conforto
lençóis limpos, secos, com cheiro de sol
e que nunca falte sol
que atice as sementes
e todas mães

# I — O TEMPO QUE DEMOREI ATÉ PERCEBER A SUTIL COINCIDÊNCIA SONORA DAS PALAVRAS PAI E PAISAGEM E A FORMA COMO UMA ABRIGA A OUTRA

## léxico particular pra paisagem

**o** que boia **o** que fundeia **o** que rodeia **o** que navega **o** que vai sem rumo **o** que escorre **o** que alaga **o** que cristaliza **o** que rola **o** que desliza **o** que segue em atrito **o** que deixa **o** que pode preencher **o** que é conteúdo **o** que é da memória **o** que não para nunca **o** que continua **o** que ilumina **o** que desaparece **o** que erige **o** que erode **o** que lamenta **o** que vem da lama **o** que é palavra **o** que é etéreo **o** que é das temperaturas **o** que é das temperanças **o** que é mulher **o** que vem do útero **o** que é firmamento **o** que é raiz **o** que é jardim **o** que floresce **o** que resfria **o** que enquadra **o** que imprime **o** que tem ritmo **o** que sou capaz de ouvir **o** que só os outros ouvem **o** que é do pigmento **o** que é do tempo **o** que ensina **o** que apaga **o** que erra **o** que rastreia **o** que olha estrelas **o** que é das águas **o** que é fonte **o** que vulcaniza **o** que sobe **o** que é lágrima **o** que é papel **o** que diferencia **o** que é sempre **o** que silencia **o** que muda **o** que afoga **o** que transfigura **o** que é imagem **o** que está estático **o** que monumenta **o** que constrói **o** que arruína **o** que esquece **o** que foge **o** que trama **o** que mata **o** que é companhia **o** que aponta **o** que dança **o** que tem corpo **o** que é da língua **o** que engole **o** que escarra **o** que vale **o** que aposta **o** que ganha **o** que soma **o** que aglutina **o** que é precipitado **o** que anuncia **o** que tem dente **o** que carrega **o** que ronda **o** que avoluma **o** que transborda **o** que serve **o** que é livre **o** que liberta **o** que encaminha **o** que é grande **o** que é dinâmico **o** que distancia **o** que estranha **o** que domestica **o** que é dos amantes **o** que é tópico **o** que cura **o** que acende no topo **o** que conquista **o** que circula **o** que alterna **o** que alastra **o** que lastreia **o** que é aromático **o** que inverte **o** que ponta cabeça **o** que mancha **o** que dilui **o** que concentra **o** que implora **o** que forja **o** que faz curva **o** que cruza **o** que pisca **o** que rende **o** que esconde **o** que é antigo **o** que anoitece **o** que é azul **o** que contém **o** que alonga **o** que é duro **o** que mora **o** que falta **o** que falha **o** que é das mãos **o** que força **o** que é força **o** que brilha **o** que reluz **o** que é pedra **o** que pensa **o** que cai **o** que corre **o** que é da chuva **o** que corta ao vento **o** que distingue **o** que engana **o** que é quase **o** que vegeta **o** que vigília **o** que dá nó **o** que pousa **o** que confunde **o** que comunica **o** que conecta **o** que canaliza **o** que é elástico **o** que interdita **o** que dá troco **o** que simplifica **o** que simplesmente **o** que escreve **o** que folheia **o** que assenta **o** que chega **o** que alimenta **o** que equilibra **o** que centraliza **o** que altera **o** que pisa **o** que é presente **o** que caminha **o** que é largo **o** que guarda **o** que aguarda **o** que atravessa **o** que é túnel **o** que é transparente **o** que triangula **o** que transfere **o** que machuca **o** que rompe **o** que compreende **o** que mapeia **o** que posiciona **o** que é largada **o** que parte **o** que desenrola **o** que distribui **o** que é fundador **o** que afunda **o** que estaciona **o** que limita **o** que para **o** que recomeça **o** que organiza **o** que representa **o** que permite **o** que é crise **o** que é líquido **o** que molha **o** que mergulha **o** que é rio **o** que é invisível **o** que escurece **o** que vê **o** que é leve **o** que flutua **o** que respira **o** que sustenta **o** que está suspenso **o** que é das alturas

∞

## movência malemolente

se eu te contasse sobre
a experiência,
você acreditaria?

sobre a experiência
sobre a crença
sobre saber contar

não se trata, pois,
de verdade ou mentira
mas da falta

a sua falta na experiência
a falta de fiar-se
o que falta à narrativa

eu poderia enviar uma imagem
mas a imagem não é

## parentesco 1

a última vez que ouvi a voz de meu pai
pelo orelhão do aeroporto, em brasília
falei com ele:
pai, tô em brasília, na conexão
ele disse:
em brasília, dez é nove horas.

caralho,
como pode ser que
a última coisa que me lembre
de ouvir meu pai dizer
seja uma bobagem dessa?

em brasília
a voz do brasil
segue não cabendo
no noticiário

## parentesco 2

não fui ao enterro do meu pai
de seu velório,
seguimos pra sua casa
j. e eu

j. voltou comigo naquele avião
e foi ele que disse
raquel, você precisa voltar

na casa, vazia
enquanto se ouvia o oco da terra
cuidei de trocar a roupa de cama
da cama de casal
onde mais tarde minha mãe dormiria

a certeza que tenho de ter oferecido lençóis limpos a ela
em nada difere da dúvida
duvido
se poderia ter lavado
a roupa da cama
que não era minha
e que nem se suja
sabia

## parentesco 3

quando você quebra um copo
e embala
nas novas eras geológicas
de embalagens velhas
que estavam sobre a mesa

quando quebro um copo
e embalo
nas eras porvir
de emblemas e traços
que comíamos com a mão

clara em neve
da paineira
flor de rúcula

## parentesco 4

bolsa

de

água

quente

que

somos

reino

espiritual

## drummond impossível

a caminho de itabira
meu pai morreu
pedra que brilha
palavra que tenho tatuada
drummond impossível
no pico decepado

só por hoje
narcóticos anônimos
diagrama natureza cultura
outra tatuagem que tenho
quando numa balada
uma mulher me contou

um dia conto sobre
os melhores encontros
com as várias pessoas
desta irmandade
que falam comigo:
hoje

como rimandade
no caldeirão do beato

quando eu te disse: vai ter coragem
e era mais do que um passo à frente
eram dois
eram três
era como
tapar o nariz do poema
pra que recuperasse fôlego
aprendesse a respirar sob um monte de terra
de serragem
de escombro de serra
do medo que tenho de ficar cega
com a rebote da madeira
enquanto corto
a pele da árvore

a cidade onde nasci
vim me vingar
drummond impossível
e você
ao se vingar de alguém
busque ter certeza
da tatuagem
que não é do meu nome
palavra sem sinônimo

## beijo, escarro, apedrejo

a primeira obra que produzi
jovem mulher florescente
foi uma coleção de chicletes mascados lançados
desde a janela da cozinha
diretamente ao chão do passeio da rua

costumava chegar do colégio
próximo da hora do almoço
e antes de me sentar pra comer
ia até a janela e lançava
com a boca
menta canela melancia
ritual elástico
que aos poucos preencheu
o passeio
de marcas que ficavam gravadas
dos passantes pisantes pegajosos
peço desculpas às
descalças chinelas bainhas de calças barras de saias
alheias
naquele tempo não tinha tempo de pensar nas pessoas
que passavam
ritualizava a descoberta

do tutti-frutti ao cinza
e cega
também não via o desenho
ainda que naquele
*dripping* de *dots obsession*
pollock e kusama
indicassem a meta
evitar semear chicletes babados no mesmo lugar

já não morava nessa casa quando recebi
do meu primeiro namorado
uma foto saudosa mostrando o chão
tantos anos depois
ainda pontilhado da borracha impregnada ao cimento

na estrada que conecta a maior cidade do brasil à segunda
[maior cidade do brasil
a obsessão são os muros quilométricos das grandes empresas
[galpões multinacionais
repletos de pinturas, umas bolas pretas
que primeiro pensei se tratar de um grafiti *landart*
como um paredão de vôlei interestadual entrecortado por
[uma bacia de tinta
mas na verdade estão ali
a serviço do patrão
dizem que camuflando o pixo intempestivo
versão pictórica das pedras que esculpem anti-camas
sob os viadutos
vozes ocultas no meio da noite e que nos gritam

somos colônia
somos colônia
somos colônia

de volta à casa dos chicletes
numa fase anterior
lembro-me de medir a distância da casa até o
hospital velório cemitério
colhendo flocos de algodão pontuados de sangue
lançados por aqueles que retornavam de seus
exame injeção vacina
tufos manchados lançados na rua
encravados entre as pedras do calçamento
contando os passos do sangue coagulado
alheio

hoje paula me conta de um conto de clarice
em que um homem lança caroços de tangerina pela janela no
[beco sujo
onde vejo brotar secas híbridas
mexerica mandarim murcote
absorvida "pela espécie de perfeição que existe em jogar caroços"
devolvo à cadela
o apego por esfarelar
almofadas fitas bandeiras

## revisão de gênero

rompia
páginas 6 e 7
trocar o **o**
por a, e, x, _
reler

# II — FEICEBUQUIANAS

## onde a onça está

já corri de arrastão
de madrugada
de homens que falavam outra língua
de onça no mato
de madrugada
de homem armado
de homem com faca
de homem com piroca
de homem que me batia
de madrugada
de homens da torcida organizada
de homens que soltavam bombas na manifestação
de homens da polícia

depois da chuva
perdi o sapato
corri descalça
perdi a hora
de mochilão
no raiar do dia

por tudo isso, lamento
exceto pela onça

pois é questão de
saber onde a onça está

a onça atrás de nós
nós atrás da onça
e ainda sonhamos

a onça à nossa frente

## cadeado

um cadeado
separa
minha casa do mundo

tão fino arco prateado
que penetra
a base dourada de cromo
e afasta

tão fácil abraço
que tem dado
entrelaçadas
pessoas amadas

um cadeado
separa
minha casa da sua

deixa o mal guardado
do lado de fora
tão perto e dentro
quando você não está
sua janela fechada
e desligo

## 2022

escrevo torto por linhas certas
desde que inventaram a pauta
e letras de algodão

escrevo músicas
que não sei tocar
desde que me ensinaram a ouvir
batidas policias e do coração

enquanto eu lia 11372 palavras
elas fiavam
todos os dias
ventanias

todos os dias
escrevo
legendas ilegíveis
para-lendas
acredite se quiser
venta
a queda do céu acabou de cair
página 319 aberta
kopenawa e o presidente

na fresta do livro
de leve
2022

## 2055

em 2055 terei 71 anos
cabelo longo e branco
pele manchada de sol tropical do rosto do colo do melasma
entro na sala de aula
primeiro dia
sugiro que todes fiquemos de pé e tiremos nossas roupas
dobro um vestido filipino de fibra de abacaxi sobre a mesa
quem se sentir desconfortável poderá ir embora sem
[constrangimentos
*no heart feelings*
nos sentamos e começamos os trabalhos.
mas antes disso vai ser o ano de 2020,
muito bem quadradinho

## cartazista

cartazista
anúncios de fins de mundos
desenha-se

## votação de domingo

votoussim pela neta, em defesa da justiçã, pela ex-posa, pelo fim da corrupção, pra salvar o país e os pais, em respeito à opinião pública, pelas terras da fazenda, pelo agronegóço, pelo desenvolvimento e pelo progresso, em homenagem à família, pela çeguranssa pública, pras crianssas não trocarem de sexo, porque ninguém é melhor que ninguém, "pela morena mais bonita do brasil", em memória do coronel, sem medo de ter esperança, pela nação evangélica e cristã, pela paz em jerusalém, pelo querido estado, pelo amor de deus, pelo cruzeiro do sul, por um novo futuro pra as novas jeração, pelo fim da quadrilha, pelos meus amigos, pra devolver a dignidade ao povo, pela legalidade e pela moralidade, pela recuperação da economia brasileira, pela minha mulher que nesse momento luta pela vida, que deus ilumine esse país, em nome da nossa pátria, pelo povo cristão que detesta corrupção, pra honrar o futuro das filhas, pela democracia

## *depicted*

a imagem
*depicted* não usa roupa
peladinha
manda nudes

## Vedete Frugal

Vedete Frugal

PSEUDÔNIMO,
(Nome verdadeiro).
*Título:*
subtítulo se houver.
Local de publicação:
Editora,
Ano.
Total de páginas.

gratidão, Vedete Frugal
pela partilha
e acolhedora estada ao meu lado
reencontros são eternos
seguimos

<3

## não confundir

não confundir
lasar segall com marc chagall
édouard manet com claude monet
dominguinhos com gonzaguinha
e especialmente na glória
oh, glória
a rua do russel com a rua taylor

## minibio atualizada

ao hacker do lattes
sou grata
minibio atualizada
de 2015 a 2019
atua como professora
de 2019 a 2021
afastada das funções docentes
compreende que
a vida é curta demais
pra reuniões de departamento
chega ao meio do doutorado
e
pausa pro poema

## (anotações que iam pro lixo)

um portal
uma crise política
um golpe
a inveja
a mentira
o amor estrangeiro
a viagem programada
a segurança
a cosmologia sertaneja
o medidor de distâncias internas
a cor do babaçu
o barro
o melado
a forma da ventilação
uma revolução
o ensino
a crença
a dimensão do tempo
a carga horária
uma mesa

## 5 dias

em 5 dias voltar à casa
em 5 dias viver o maior amor da vida
em 5 dias nascer viver morrer
aguardar na fila de espera por dias 5 dias
em 5 dias receber o resultado do exame
em 5 dias retornar ao consultório
em 5 dias mudar de casa
5 dias sem lactose
detox de 5 dias das redes sociais
intensivo de 5 dias
um feriadinho de 5 dias
viagem curta de 5 dias pra desanuviar

5 dias pensando a mesma coisa
5 dias faltando pra viajar
travessia de 5 dias
5 dias úteis
em 5 dias entregam a geladeira
em 5 dias o frete é grátis
em 5 dias meu amor congela
botar no sol por 5 dias
e por 5 noites revirar
5 dias de cama

5 dias de febre eu morro
sem ouvir sua voz por 5 dias
e depois mais 5 dias pra receber essa notícia

antes eu menstruava por 5 dias
agora 5 dias é muito
antes eu passava 5 dias sem dormir
agora passo 5 noites sem dormir
por outros motivos
por ventura
se vier
avise antes
de preferência uns 5 dias
pra eu ter tempo de
lavar a roupa de cama
porque aqui não pára de chover
fazem mais de 5 dias

5 dias descendo de barco
lembra
daquela festa que durou 5 dias?
pra subir é muito mais que 5 dias

em 5 dias aprende-se a dar bom dia
em 5 dias já sei como se escreve a comida que não como no cardápio

em 5 dias nosso jardim floriu e secou

em 5 dias a volta ao mundo

em 5 dias o barco afunda até o fundo das
fossas marianas
numa velocidade de noventa e um metros por hora
em média
5 dias é o tempo máximo pra se estar fora de casa

toda a vida das moscas em 5 dias
o prato deixado na mesa por 5 dias
bolorentos
a casa fechada por 5 dias
quase morria em 5 dias
o domínio expira
a casa expira
a viagem expira
expiram-se os pontos
e as fossas marianas
5 dias tentando entender as categorias do entendimento
tempo, espaço, gênero, número, causa, substância, personalidade etc.
em 5 dias de rito
largo o imutável e inflexível
dos dias

o prazo se encerra em 5 dias
em 5 dias impossível fazer

## lapa alagada

lapa alagada
amor enlodado em promoção
um filme francês
porém brasileiro
carro arrombado
é o rio é a chama
poesia reunida
obra completa
mayra é um belo nome
três cadeiras na mesa de quatro lugares
há mais barulho hoje do que eu ouvia ontem
há um gato dourado
a câmera alagada
lapa-câmera
o curto circuito interno
choque ao fotografar
suortranspiraplásticobolha
há um lustra móveis
há um cultivo
toda plantação de soja
toda plantação de maconha
maconhorgânica
o rapaz continua o mesmo

porém de bigode
*to be god*
não perderei a piada
não perderei
guarda-chuva é canga
não perderei a canga
todos os guarda-chuvas
plural de ar condicionado
cinelândia concreta
poste
como árvore
árvore
como poste
eu como
a sua presença
biblioteca
transferida
réu
devora
panela de pipoca
algumas carbonizadas
carvão polido encontrado na praia
molhado e seco de areia
carvão que rouba a luz da explosão do milho
corpos salgados que por vezes lambemos
ponta dos dedos
filtros de barro
cerâmico mínimo
os silêncios são muitos

enquanto mastigo
tanta coisa acontece
copo roubado de lygia
garrafa azul de vinho alemão cortada
aquilo que é intransponível
o anterior das formas
vizinho cozinhando peixe
na escadaria das graças que desce pra fátima
em muito menos degraus
recém descoberta
panela cheia de degraus
transgenia proteica do milho
mexer no fundo
lamber a ponta da faca
limpar as mãos
secar os dedos

## o rio de janeiro existe

tem hora que eu lembro que o rio de janeiro existe numa dessas é difícil quase triste estar aqui um lance de cheiro música gente o rio de janeiro existe nesse momento uma pessoa nadando no arpex iluminado maresia invadindo copacabana ventinho brisa de bicicleta escadaria de santa roda de capoeira mototáxi correria a roupa não seca não seca vapor de mata e pedra até a lapa alagada até um chopp eu tomaria pra lembrar que apesar da teoria dizer que os lugares não existem quando a gente não está

o rio de janeiro existe

[fevereiro, 2017]

## o rio de janeiro é uma miragem

o rio de janeiro é uma miragem
me ensina que não existe retorno
não existe retorno
construir, intimidar
a intimidade interior de uma cidade

os hotéis que eram luxuosas piscinas
ruínas
campos de refugiados
hospitais de campanha

penetrada por um jato de água
diante da possibilidade de
renascer na cidade onde nasci
aprendo que
o crato aguarda
enquanto não existe retorno
vir a ser a nova miragem
(nasce uma cidade)

[março, 2020]

# III — ALGODOAR, DEVOLVIR

## a mulher nua

a mulher nua entra no supermercado, em busca dos preços baixos

agacha na gôndola do óleo de soja seu cu quase toca o chão

a mulher nua na fila do caixa, conta moedas e paga, o óleo de soja e uma caixa de grampos, escolhida ao acaso, vendo uma senhora ajustar o penteado

a mulher nua caminha de mãos dadas com seu namorado,

a caminho do almoço, numa cidade de praia

passam por um beco de areia e diz: aqui, se estivesse sozinha, teria medo

a mulher nua chega sozinha ao restaurante, pede um pf, peixe frito e uma cerveja 600, quente no último copo

a mulher nua faxina a casa, limpa debaixo do sofá, arrasta o mamilo na beira do tapete e recolhe um tufo de cabelos e poeira

a mulher nua na fila da caixa saca seu 13º em espécie, enrola o dinheiro num maço de cigarros vazio, entra numa loja de departamento e compra, com desconto, uma capa pra máquina de lavar roupa

a mulher nua escolhe sua melhor nudez e chega 15 minutos antes da entrevista de emprego

um homem engravatado pergunta à mulher nua sobre seus planos de gravidez e aproveitamento da idade fértil

a mulher nua deixa a sala e observa uma bolha de ar subir no galão de 20 litros enquanto enche seu copo descartável

a mulher nua passa a catraca do ônibus e segura numa alça enquanto outras pessoas passam suas sacolas na sua cintura

a mulher nua comemora que tem um emprego no final do ano terá 13º a mulher nua compra uma máquina de lavar roupas

a mulher nua aguarda seu filho na porta da escola

o filho abraça a mulher nua

a mulher nua chega à sala de aula e dá bom dia aos estudantes

a mulher nua publica 8 artigos

a mulher nua recebe o entregador de gás

a mulher nua frita um peixe pro almoço

a mulher nua trepa na moto

a mulher nua vai ao oftalmologista

a mulher nua é pedida em casamento

a mulher nua afivela o cinto de segurança entre os peitos a fita lhe irrita a pele

a mulher nua dirige por 5 horas e 36 minutos sentindo o cinto de segurança irritar sua pele

a mulher nua, na beira da estrada, abastece o tanque, pede a senha do wi-fi e confere os e-mails

a mulher nua pede a chave do banheiro e faz xixi

a mulher nua devolve a chave molhada ao frentista

a mulher nua visita seus pais

a mulher nua sentada na praça ouvindo um podcast sobre o fim do mundo

a mulher nua embarca pra china e está aprendendo mandarim

## fanáticos, fanática

retorno ao ferro
enquanto aguardo o algodão florescer
pé de algodão preto fotografado à noite
*paina de ferro* dormindo sobre a cama

explosão de pipocas celestes no campo noturno
o céu ao reverso
os fanáticos, todos vestem preto
nossa roupa preta de hoje
fanática estou

araripe mantiqueira
do cariri ao matutu
latas enferrujadas e barbante
algodão jorrando leite
e o som da sua voz

o fio
liga
a trama

ontem, em alguma altura da noite
ouvi um jovem gritar:
ah, uma cobra coral

ganhei de presente
no dia do meu aniversario
o poder de conversar com as serpentes

no largo do rio do remanso da cachoeira
assisti uma cobra coral atravessar
rastejando na água umas raízes, raio

o gesto de duas mãos postas
que se friccionam, faiscando
o fogo
atrito do galho na palha
o fio
galho mole do capulho

o fogo
o fio
e fiar é também ter fé
o pó.

## estado secreto de vigília das plantas

todos os vasos de planta dessa casa são provisórios
como são provisórias as sementes
e a germinação

como é provisória a poeira que gruda nos fios de cabelo
atraída pela eletrostática

todos os textos são ensaios
do texto maior

nano partículas de ferro em suspensão
que cortam como lâminas
as mucosas
do rosto
a boca arde
o olho seca

facilidade do minério
diante do algodão oculto
engano da leveza

a terra sempre dura

já não abro água fria

só pra enxaguar os cabelos
e escorrer
o óleo de coco
a poeira

os dedos do pé gelados
a pessoa que me aquece na cama
vejo seus corações de perto
são bonitos

de quem é o tempo?

todas as letras que cabem no azul infinito sem foco do céu
[do fim de abril na minha cidade natal

da permanência
(as plantas me observam em intensidade recíproca)
raízes aquáticas da casa
fundação palafita do pensamento
por onde retorno
a fibra

## buda

revelar um filme
enquanto esperamos a revelação do fim
da pandemia, do progresso
refaz a dobra do espaço

de repente
junho de 2019 no crato debruça junho de 2021 na berta
e letras de papelão tombadas
escrevem
quimicamente
flocos geados
de flores
que não florescem mais

mofados os filmes
mofados os biquínis
mofados os livros na biblioteca do rabo da gata

o último registro de tombo era de 6 meses atrás
ainda bem que levamos com alegria
e braços dançantes
as letras para passear

6 da manhã negativos na mata
buda me aparece ali mesmo
num sonho
pra me dizer que
a casa estará pronta
quando deixar secar
as lágrimas
como quem faz um altar
faço foto
queimo cimento

## transporta o temporal

pra decorar a entrada
do templo imanente
trago
voz alta empostada e
cascas de ovo nas pontas da pita

tenho galinhas pra ter ovo
tenho agave
e poder curativo
de bebidas ancestrais

na orla marítima
ornamentam
rabeta atracada do navio
poder de fala da planta
língua de fogo
rabo de galo

marinheira sagrada
transporta o temporal
desatraca
da formação rochosa
desencaroça a escrita

da formação letrada
despede

nômades e noturnos
os passos da lua cheia
ao passo que, no breu da lua nova
semeio dublagens de mim

depois da chuva
barranco retroescavado
pequenas chaminés de fada
sementes que não brotaram
aguardando a próxima chance

depois do amor
ribanceira em ruína
um fiozinho de mim
que vou novelando pra dentro
crente nos brotos depois da chama

heróis narradores
não toleram ereção alheia
como quem corta pau
cortam árvores

o relevo de termos termos pra boa selvageria
declama o poema decorado
ele mata, eu morro

não, senhores,
não conseguiram prever a chuva
pelo som das máquinas

sim, senhor,
tenho regado rosas
com água de prata
sobras da revelação
de fotos que tirei de você

quis te dar uma roseira
pra florescer no seu quintal
mas ela cresce bem aqui
num bloco de notas
em caixa-baixa

pétalas teclado
computador sobre tronco
mesa viva de madeira
enquanto leio
é preciso ler
as mulheres
o voto dos analfabetos
o mundo maior que um monte de letras

## zé miúdo & eu

visualize um cavalo
e me conte a cor do chapéu de seu cavaleiro
ou se leva nos ombros uma enxada
no estribo uma carta

extintos cavalos selvagens
sem pernas humanas
nem no oriente
nem perdidos na noite
nem nunca montados
por amazonas

abusados animais entre as coxas
cangalhados
vaqueiros vestidos de couro
estátuas
bandeirantes equestres em fuga

cavalo, café, heroína
no uso das ferramentas que constrói
assim estamos, trabalhando a terra
homem com foice, mulher com câmera
zé miúdo & eu

dona miúda dos meus pensamentos
eu mesma
ela me chama
respondo
mais tarde
hoje não
parei de pensar

terrosos ferrosos e fotograficamente metálicos
selamos a fome, as distâncias
objetos que medem saudade
um nome pra escultura hoje
cavalo avança
transe
o galope da mensagem de áudio
*áudio cristalino, mesmo que a linguagem não seja*
anuncia o aplicativo de videochamadas
celular ao ouvido
e o som cessa
fica só pra ela
dona miúda

o sol
apenas o começo
o carro
rédeas puxadas
e as crinas

## porto das sopas

escrevo um poema como quem
recolhe os pratos sujos na mesa
onde comeram famintas
estradas ruas
descidas

fui parar onde convinha
aos pedaços soltos nas bordas
restos arrastados com o garfo

foi preciso cara de louca
olhos vidrados
recolhendo o brinde de ontem
cheio de bebida seca
que retumba o peso
de ter corpo
e segurar copos

alimento viagens

rotas surgem à minha porta
no lusco-fusco
em busca de banho e pouso
restauro

sou porto das sopas
de onde partem
mastigadas e com pés lavados
andarilhas senhoras
e marmitas

aguardo as próximas aventurinas
folheando páginas da mica
como quem lê a mão
conto histórias do passado
prevendo incêndios, naufrágios

amiga, trago um conselho
isola a eletricidade antes do choque
forra o fogão onde cozinha letras
e blinda do que é condutora
a escrita

## desertos

as saíras voltaram
com suas máscaras pretas delineando a explosão tropical
o sol aparece mais cedo
as vacas seguem pela manhã e andam no pasto
na direção de onde já bate sol
e voltam à tarde
pra onde sabem que tem abrigo

o rapaz que corta eucalipto morreu
vítima não de uma árvore, não de uma queda
vítima da crença de que seu corpo era sua empresa
e ele cabeça
com o motor da motosserra
seus ouvidos não ficam mais surdos

os outros serradores em medo solidário
silenciaram suas roçadeiras
e estão em casa
recuperando tônus
que os faça cortar os desertos verdes
e voltarem pra casa, na certeza de amparo

enquanto isso
o luto é um silêncio pras aves

mas não sei precisar se por isso elas estão felizes
não sei precisar se as árvores estão mais felizes
não sei precisar se há alegria nos desertos

eu vi o rapaz que cortava eucalipto trepar no tronco
com suas pernas e esporas no pé
golpeando com precisão
a força que o fazia subir
no alto, sem proteção
ele amarrava uma corda
e esse fio era nosso guia

meu avô paterno
homem branco imigrante europeu
desmatou muito mais

o fogo foi sua queda
uma fagulha que rodou do trilho e trem de ferro
e pousou nos troncos secos da madeireira
salamandra na beira da estação
seu silêncio maior
décadas de depressão
e minha avó levando a casa
as roupas as crianças as compras as comidas

foi ela que soube cuidar do fogo,
como é das mulheres cuidar do fogo
e medir as vinganças

eu vi meu avô tremer as pernas na beira do mar
os pés afundando na terra enquanto seu corpo vibrava
não sei o que ele via do outro lado
sei que tremia

tinha medo da memória
da água que faltou no incêndio
das abandonadas filhas no seu velho mundo
dos rios braçados que chegavam nas matas
e ele via madeira

as ondas batiam
seu corpo arquejando e eu o olhava nos olhos
não sei precisar se o mar ficou mais calmo
foi aí que aprendi o ácido das marés
e nos sentamos na areia

I.

quando Maria Vieira ateou fogo em si mesma
no Caldeirão
fugia de ser presa e levada pela polícia

corria em chamas e morreu carbonizada

ainda falava, ao pé do cruzeiro
e antes de terminar de morrer
se é que se termina de morrer
ouviu um policial lhe perguntar
se queria terminar de morrer
de tiro ou cacetada

é que um homem mata uma mulher
mesmo quando ela se mata
e ela se mata porque sabe
que o homem irá matá-la

autoimolada
como uma monge
Maria Vieira, mártir de si mesma

não tinha pai, mãe
não era branca
vivia entre as suas e seus
na irmandade
onde tudo era de todos e
nada de ninguém
e também sua morte
era de todos
e foi de ninguém

depois que se imagina
uma mulher em chamas
essa imagem se torna difícil de apagar
essa imagem não se desfaz nas cinzas
não se junta tão facilmente aos outros corpos mortos
e foram tantos outros
naqueles dias

o fogo que Maria Vieira trouxe sobre si
já comia as casas, as sacas de algodão,
já tinha sido ateado pela polícia

de modo que ela não teria fogo
se o fogo já não queimasse

II.

*deve ter sido doloroso, para o coração fanatizado daqueles pobres sertanejos, o espetáculo da primeira noite de ocupação; as suas inteligências simples nunca poderiam justificar tamanha violência; e a visão das primeiras casas devoradas pelas chamas, ponteando os morros de clarões sinistros, ateou n'almas a fogueira do rancor e da vindita*

depois que se lê essas palavras do tenente que ateou fogo nas casas, cujo nome não reproduzo ao lado do nome de Maria Vieira, essas palavras se tornam difíceis de aceitar;

não tem assento o olhar sórdido; não tem assento aquele que inventa vingança alheia

justificando o ataque, de modo que há uma violência primeira, que sabemos de onde vem, como sabemos quem matou Maria Vieira

## bem muito antes que escrevam o teu nome

escreve teu nome numa pedra
enquanto esteja viva
pra que as outras não o façam por ti
depois da tua morte

proíbe a caça e a pesca no entorno da tua morada
ainda que por ali tenha um lago e os pássaros voem em “v”
[às 5h da manhã

traça devagar o caminho pra casa
come das folhas que boiam no espelho
d’água faz da pedra o que habita
tua passagem

antecipa tua idade
saia e camisa estampadas
se possível numa
pedra vermelha
arrisca

avança fundo teu nome em qualquer beirada de rocha
grava forte a linha que sulca
arenitos carbonatos calcários gnaisse

alcança tua mão e te vaporiza
bem antes,
bem muito antes que escrevam teu nome
(comi jeane aqui, li numa cachoeira)
tu já terá feito

## tear

uma roupa sem corpo não veste tecida pendurada como uma cadeira vazia aguarda *shape* perfeito do humano os tumores têm dentes são ossos que crescem pra fora revestem a carne explode paredes portais o medo da infância quimeras caveiras terror nostalgia do escuro e nós: mortais entregamos tudo de mão beijada nossa geolocalização nosso tempo de deslocamento de casa ao trabalho monitoram quanto tempo permanecemos sentadas até deixar a cadeira vazia com o calor da ausência eles já sabem o próximo cliente a roupa que veste nostalgia anônima esses mesmos homens que fingem desconhecer as mulheres que tiram pra dançar dançam pelados quando convém menstruação não sabem lamber gozam aborto gozo não comem terra sem nome nem planta enterrada semeiam cupins destroçando raízes cabeceiras da cama rangendo meu sono eu não sei tecer nem fiar posso aprender como cientista indago a casa vestida tramada no suspense posso ter um tear antigo de uma fazenda falida feito de liço de seda pra que a nave passe sem atrito compraram um tear eu era pequena demais não alcançava o pente

## duas transcrições

transcrevo
anúncio de 15 de abril de 1937
publicado na página 10 do jornal O Estado
hoje, O Povo:

*caroços de algodão e ossos*
*não façam suas vendas sem consultarem as condições dos especialistas,*
*nesta práça*
*ulysses borges & filho*
*a maior sinceridade na liquidação*
*rua adolpho caminha 127 a 135*

acima do anúncio, leio:
*continuação da diligência do caldeirão*
*a terra é sáfara e quase estéril*

transcrevo
processo arquivado em 2008:
*que torne público o local da vala comum*
*que exume todos os corpos*
*que identifique as vítimas por exame de DNA*
*que indenize os familiares das vítimas*
*que inclua na história oficial o massacre do Caldeirão*

## reencontro

*O morto*
*respira por sob o véu*
*(Também os vales respiram*
*amoldados à neblina)*

HENRIQUETA LISBOA

que os panos bordados
possam servir
de proteção
aos assentos
onde tomarão lugar
as convidadas
do futuro

reencontro

rodinha
como uma dança
as mulheres
se encontram
e eu encontro
grande parte de mim
canto e voz

ouve a respiração?

## algodoar, devolvir

o presente que temos
é suficientemente raro
embrulhado

o presente que temos
nos foi dado
e tem sido redado
por anos a fio

se *c* me desse o mesmo presente que *d* me deu
seria outro
seria a parte de *c* que mais quero
ainda que com a mesma fita

eu não daria de presente pra *c* o que dei pra *d*
dar é como nadar
nunca duas vezes no mesmo rio

jesus não sabia nadar
o segredo de fazer o mar se abrir
sólido medido em litro

não há como escapar da Terra
areia engolideira do mar aberto
do futuro importa pouca coisa
e o que importa
traz pra perto

mineiros minervam
topo tupi utopia

fundo
outras formações econômicas
embrulhada do estômago
no pixel abismo
deste presente
fundo do poço

doar para receber
abrindo concessão
de mim para mim mesma
a contradádiva da auto-reciprocidade

silencio dores
mas morder eu não mordo não
mostro os dentes de outro modo
enquanto os tiver

algodoar
do verbo
devolvir

ouço
meu coração
de boca aberta
meu presente,
dentes de nuvem

## um poema de amor

te contei dos teclados em complô
que falham as teclas da senha que os desbloqueiam
que meço cabelo e unha
contando segundos que os dedos demoram para percorrê-los
no almoço, você me conta que mastigo com o mesmo lado da
[boca

te ensino a fazer uma peneira
de tecido metálico
que sustente as plumas
tratando de ser novamente
o que o caule carrega
forma mole ereta

você me aponta estruturas adaptadas pra carga
transportando o estado intermediário das coisas
o canto sintetizado do guaxo
ereção feminina na cozinha
extra forte casa movente

e me diz
há um vetor dissipador da dureza

autoritária da individualidade
na minha direção

à espera do lugar onde se dorme
sem previsão de acesso
pequenas prestações
que lacram o selo da mola
de outros planos
seguramente
repito
repetem
outro plano

coleto a gota da chuva
na micro folha da caatinga
você atento ao chão onde pisa
mantém o pé
mantém o pé até que seja um oceano

droga mais radical que usei
a gente desbota no delirante sol do sertão
ensina ao gato como se desvia das frutas
e ensina às frutas a contornar o galho
segura o peso do corpo com os punhos
agarra os punhos
repete a senha
mantém

[posfácio]

## À guisa de um breve posfácio

Doar e devolver, caminhar para trás e para frente – Raquel Versieux erige uma voz que busca negociar entre diferentes temporalidades neste seu primeiro livro de poemas. De antemão, não me seria possível ignorar a presença da memória como importante alimento desses escritos. Sobretudo na primeira seção, dedicada a forjar um recuo no tempo, ou melhor, um horizonte em que se vê a falta e o legado de um pai; é premente o desejo de fazer a palavra agarrar os vestígios de outrora, demarcar o luto em ritual. Raquel não escreve aquilo que viveu, mas o que reviveu e "transviveu" através da linguagem; aquilo que rememora, imagina e fabula até tocar o cerne de qualquer imagem primordial, espécie de "bolsa de água quente que somos", retorno absoluto e, mesmo por isso, impossível senão na palavra que fala para preencher o vazio ("eu poderia enviar uma imagem/mas a imagem não é"). E, para tanto, será preciso reivindicar memória e imaginação como instâncias indissociáveis. Sabe-se que é difícil imaginar sem mergulhar – com mais ou menos intenção – nas gavetas do passado. Imaginar, isto é, expandir os horizontes negociáveis do possível, implica engajar-se com nossas próprias experiências e repertórios constituídos. Mas também não é possível lembrar sem uma dose de fabulação. Como diria Waly Salomão, a memória é "uma ilha de edição".

Do esforço em tramar sentidos para o passado, somos levados às *feicebuquianas*, segunda seção do livro e momento mais provocador do nevoeiro do presente, na busca em não se afogar nos calendários, prazos, burocracias, golpes e demais chatices ("chega ao meio do doutorado/e/pausa pro poema"). Como o título já aponta, trata-se de um conteúdo originalmente publicado na rede social de mesmo nome, espécie estranha de diário público. Ali estão pequenos gestos que recusam o fracasso ininterrupto do agora, assumindo os conflitos periódicos entre dobrar a barbárie e sucumbir a ela. Vez ou outra, traços da vida cotidiana são confrontados por um gosto selvagem que intenta vislumbrar um pedaço de real para agarrar com as mãos, como é o caso do vigoroso poema "onde a onça está" (por tudo isso, lamento exceto pela onça/ pois é questão de saber onde a onça está/a onça atrás de nós nós atrás da onça/e ainda sonhamos/a onça à nossa frente). Em toda a seção, a poeta aplica um exercício de observação radical às coisas circundantes, optando majoritariamente por uma linguagem simples e objetiva, sem floreios excedentes. Há certo apreço por listas, sucessões de descrições e ideias aparentemente fragmentadas, como anotações de um dia largo na cidade – uma atenção disputada em diferentes direções; um olhar que estranha e descobre, fuça e percebe. Também é possível notar, com certa ênfase, a forte presença da primeira pessoa, em que se identificam aspectos de um discurso de gosto autobiográfico. Não se trata, porém, de performar a autoficção para estabelecer uma identidade fixa e unívoca, ao contrário, o gesto se aproxima mais do reconhecimento de um outro — o estrangeiro, o estranho — no seio de si mesma (afinal, quem é aquela professora de 71 anos?).

Por fim, a terceira e última seção, que dá título ao livro, nos convida a fincar os pés na terra, transitando por poemas de forte apelo imagético e sinestésico, por vezes alquímico. É o momento de profusão de texturas e temperaturas, saberes vegetais, colheitas, fluxos aquáticos, ambiguidades solares, mulheres, brotos e fibras ("o mundo maior que um monte de letras" – chamado ao corpo). Não mais o luto ou o tic-tac dos cronogramas, mas as lições do tempo do algodão; esperas outras. Penso em Bachelard, para quem a imaginação material opera no confronto direto com a materialidade do mundo, pela ação dinâmica e transformadora da mão trabalhadora, instrumento da vontade e do poder. Aqui, a poesia fertiliza e nutre, forja um abrigo possível em meio à aridez. Os versos produzem imagens irrigadas de algum sonho e alguma violência, endereçamentos oblíquos como segredos que buscam torcer e friccionar a sintaxe de suas línguas no anseio de vislumbrar outros horizontes, quem sabe rearranjar as relações entre viventes e extra-viventes.

Se nas duas primeiras seções pudemos acompanhar um percurso interessado em remover a poeira das ambiguidades do passado e movimentar os sentidos do presente, para mim, este livro se encerra apontado ao futuro como uma flecha em curso. A escrita se assume aqui enquanto força propositiva — estratégia de luta comunitária, reinvenção do mundo e criação de sentidos desviantes aos modelos vigentes. Não falamos de um mundo encantado, mas de um mundo em disputa bem na medula da poeta. A multiplicidade de vozes que testemunhamos, entre a coragem e a fragilidade, o íntimo e o coletivo, manifestam investimentos simbólicos nos corpos e véus sociais sem abdicar dos delírios do sonho e, mesmo por isso, nos desafiam a superar a visão curta e nublada do presente-beco-sem-saída – esse onde nos encontramos, e de onde será preciso sair.

**Pollyana Quintella,**
abril de 2022

[agradecimentos]

Ana Lucia Lutterbach Holck, Carlito Azevedo, Ismar Tirelli Neto, Júlia de Carvalho Hansen, Lívia Flores, Nian Pissolati, Pollyana Quintella e Roberto Freitas

■ primeira edição
■ setembro de 2022